清靈之音

孔孚山水诗选

山东人民出版社·济南
国家一级出版社　全国百佳图书出版单位

图书在版编目（CIP）数据

清灵之音：孔孚山水诗选/孔孚著；迟云选.--济南：山东人民出版社，2019.1
ISBN 978-7-209-11700-5

Ⅰ. ①清… Ⅱ. ①孔… ②迟… Ⅲ. ①诗集-中国-当代 Ⅳ. ①I227

中国版本图书馆CIP数据核字(2018)第210915号

清灵之音

——孔孚山水诗选

QINGLING ZHIYIN KONGFU SHANSHUI SHIXUAN

孔孚 著 迟云 选

主管部门 山东出版传媒股份有限公司
出版发行 山东人民出版社
出 版 人 胡长青
社　　址 济南市英雄山路165号
邮　　编 250002
电　　话 总编室（0531）82098914
　　　　 市场部（0531）82098027
网　　址 http://www.sd-book.com.cn
印　　装 山东临沂新华印刷物流集团有限责任公司
经　　销 新华书店

规　　格 32开（145mm × 210mm）
印　　张 7.375
字　　数 70千字
版　　次 2019年1月第1版
印　　次 2019年1月第1次
ISBN 978-7-209-11700-5
定　　价 38.00元

谈山水诗

——兼寄海外同胞

得悉我的一些山水小诗为海外同胞所垂青，真是高兴。读者还想知道一些情况，我的一些想法，希望我能就此谈一谈。感骨肉之情深，愿一吐肺腑。

一、新山水诗，它姓“新”

用新诗来写山水，面临一个很重要的问题：就是如何出“新”？

“新诗”同样也存在这样一个问题。时代在变，人们的生活思想感情也跟着变，取材于社会的新诗，出“新”并不是一个难题。但作为大自然中的山水，就不同。虽然它也在变：瘦了些，长高了一些，细或者宽阔了一些，但不是一下子就能看得出的。几万年，甚至几十万年，往往还是那老样子。因此为山水写照出新，就不那么容易。虽然美学上有“移情”之说，可以因作者感情之潜入，而唤起读者的时代感，但这不可能解决问题的全部。在写山水诗时，我碰到了这一问题。实际上是新的时代向我提出，逼我作复。

思想感情，我想不会有大的问题。无论如何，我不会同于唐人王维。这个问题可以不必担心。

剩下的问题如何解决呢？这很使我伤脑筋。

过去我见过于山水之中设计几桩高压线铁塔的山水画，总觉得别扭，认为是对“美”的破坏，因而是排斥的。

但是设身处地想一想，那画家一定也是碰到了这样的问题。他是想开拓，一时搞不好，可以理解。

也想道：看到山水画中有几根电线杆子，就认为是“对美的破坏”，未必就正确。道教、佛教未兴之前，山中本也无寺观的，何以后人看远远半截红墙、一角飞檐，就那么顺眼，认为是当然的，而且还有点“美”呢？我那样认识，只能是为传统审美习惯所囿，一种保守思想作怪。既然现实生活中有水库，有发电站，又多是与山联系在一起，于画中设计一瞥高压电缆，有何不可呢？今人看不惯，后人也许会认为是一种美。再说也还可以精心隐藏，不让那电线杆子露出来。“贴标签”不是不可以避免。

思想认识有了这一转变，于是豁然贯通，问题就全部解决了。那就是：可以摄人类在改造中的社会——“第二自然”之物象，融于“第一自然”，升华为艺术的“第三自然”。

崂山诗《月子口水库》中写“多少流泉在这里汇合，/都说我要发光”，就是我的第一次尝试。在那首诗里就隐藏着一个水电站，连根电线杆子也不让人见。

在《过鹰嘴峰》一诗中，我把喷气式飞机也糅合进来。那“喷气式”是以“银燕”出现，我让它“闯入”崂山蔚竹庵南那一“鹰”的蓝色梦境。在那一被惊扰，从“蓝色的梦”中醒来的“鹰”看来，那从远方云层里飞来的，并不是什么“喷气式”，而是它的近族姊妹。这样设计，我想还是近于自然，并不会破坏山水诗美。

还有在云彩里用耳朵“听”的那个“雷达”（《在云彩里》），我想也该是属于崂山的。

越写越有信心，连青岛这个现代化城市，

也波光粼粼，涌动着跑进我的诗里来了（《青岛印象》）。

在威海的刘公岛，我写有一首《在碧绿碧绿的波涛下》：

鱼告诉我：
　　潜艇像它一样游，
　　导弹大睁着眼睛。

　　珊瑚丛中，
　　睡一个甲午海战的水兵。

这也该是一首山水诗。

《观沧海》只注意到海之上，我就想潜到海底下去看看，结果发现了两个现代化精灵。其中有一个还大睁着“眼睛”，鱼也该有些奇怪吧？那位邓世昌手下的水兵，倚在珊瑚丛林中睡着了，那么甜！可是在做着一个玛瑙色的梦？是否想骑上那导弹，去西沙群岛一游，一饱电闪雷鸣的眼福？

这种诗，我想曹孟德大概写不出。

李白纵然多奇思，怕也难写得出。

这“不纯”，也是一种美呢！

这就是我心目中的“新山水诗”。

二、接受古人的挑战

有位诗人写信给我，说济南有人誉我为“当代杜甫”，要我“一笑置之”。老伴为此出了一身大汗。

那位诗人是好心，生怕我头脑发热，跟着“狂”起来。老伴则是为我担心。

那位诗人其实并不太了解我。

老伴虽然知我，但在有的问题上，也难深窥我心。

于诗艺一点上，我视老杜并非“高山仰止”，那么高不可攀。

问题在于比喻欠当。我和杜甫并非一条道儿。杜甫显然不是山水诗人，他属于“人生派”。

我当然也是“为人生”的。但那是结局，客观上的。主观上我是非常重视艺术。诗史上有“艺术派”一说，我想我多半要归之于这一派。

我非常崇敬杜甫那一颗伟大的心，自然也喜欢他的诗篇。杜甫确有很多好诗，那是光照千古的。但从整体看，不免流于实露。因袭依傍，铺陈记事，都是存在的。他那颗“忧黎民”的心似乎太急太切，往往顾不得精心营造。

杜甫写山水诗不多，有的句子却十分好。我特别欣赏《登白帝城最高楼》中的“峡坼云霾龙虎卧，江清日抱鼋鼍游”两句，喜其扑朔迷离。这种幻象，只能是在最高处看，取一种“远距离”才能产生。看那标题，就知道老杜胸中有“距离”，经过一番思虑。可惜这样的句子并不是很多。接着的两句：“扶桑西枝对断石，弱水东影随长流。”虽然也缥缈恍惚，具有一种“灵视美”，但对仗总嫌勉强，似乎也落在曹植《游仙》诗“东观扶桑曜，面临弱水流”的势力范围之内，失于落套。煞尾二句“杖藜叹世者谁子？泣血迸空回白头”虽然也动人，但诗人自己走了出来，就有些“露”。从山水形式美的角度看，这诗未能“浑成”。警句固佳，但真正的好诗是不能摘句的。

那首《望岳》也并不像某些诗论家所说的那样了不起。能撩拨人的，不过“阴阳割昏晓”“荡胸生层云”两句耳。煞尾想象，显得一般化。而且是化用《孟子》“孔子登东山而小鲁，登泰山而小天下”句，也不新。开头那句“岱宗夫如何”的设问，就更无精打采，有些近于废话了。如果说是早期的作品，不太成熟，倒是说得过去。评得神乎其神，我就不信。老实说，我是不怎么服气的。

前年我写过四十来首泰山诗，就是不甘落在《望岳》之后。是否能超过杜甫，这很难说。但不服输，在山水诗一方面和老杜竞赛之心却有。

我也想追李白。泰山诗《过一天门》前段偕出孔老夫子，下一段就写到这位谪仙人。

我把云烟设计在诗外，写于灵视中看见他在前边走。迷离恍惚，自然是看不真。我颇关心他脚下的鞋子是否可脚，而流出疑问：“不知他穿的什么鞋？”自觉身体还可以，脚下又是一双登山鞋，就很有信心赶得上他。煞尾就是这样写的：“我要赶上去/看谁爬得快。”写的是山的攀登，暗示的却是艺术。

去年春天我写二十来首济南山川，其中之一的《飞雪中远眺华不注》，就是有意和李白竞赛。

“华不注”即“花骨朵”的古代同音异字词，就是“花骨朵”。它确实像个荷花的骨朵。

这座山孤柱一峰，不大，也不高，我爬过的。实在说，它并不怎么美。但由于与春秋时代齐国和晋国一次古战役有关，却非常出名。历代诗人画家来到济南，差不多都要写它一笔。这也像人因为某种原因出了名，似乎一切就都“美”了，都要来吹嘘一通一样，这也是一种世风。李白也难以脱俗，禁不住也要来这么一首：

昔我游齐都，登华不注峰。
兹山何峻拔，绿翠如芙蓉。
萧飒古仙人，了知是赤松。
借余一白鹿，自挟两青龙。
含笑凌倒影，欣然愿相从。

（《古风五十九首》之二十）

开头两句，颇像出自中学生之手。第三句类杜甫的“岱宗夫如何”。第四句写到了荷花，但又打了第二句的嘴巴。“花骨朵”这一特殊性不可忽视。回忆中他可能觉得那山不过是一般，实在没得可写，于是便拿用惯了的“仙人”“白鹿”“青龙”来填塞。第一首诗这样写，那是“奇幻”。成了套语，就不大能动人了。倒数第二句的“倒影”倒是有点儿情趣（那时山下有湖的），可惜又不是荷花的骨朵。所以这诗我不能说好。超过它，我自认为有希望。

李杜所作也不尽是好诗。即便是好诗，也不就是不可以逾越。那一万古冰雪、永恒蔚蓝中的珠穆朗玛，也还是可以登攀而凌其上呢！

我们的古典诗歌自然是辉煌的。但我们不能只停留于陶醉，靠炫耀老祖宗的家底以自慰。我总觉得，我们这些后代人应该克服自卑心，奋发图强，敢于超越前人。如果不能后来居上，起一些新的摩天大楼，那就是没出息，不肖子孙。先辈也不会高兴的。

钱钟书先生认为：“前代诗歌的造诣不但是传给后人的产业，而在某种意义上也可以说是向后人挑衅，挑他们来比赛。”（《宋诗选注》）这就有一个敢不敢接受挑战的问题。我们新时代的诗人，我想应该是有此魄力。胸腔里的血在涌，我是跃跃欲试的。所以我写了《飞雪中远眺华不注》：

它是孤独的，
在铅色的穹庐之下。

几十亿年，
仍是一个骨朵。

雪落着……
看它！在使劲儿开……

我接受了李白山行没有什么东西可写的教训，决定取一种“远距离”。

设计在飞雪中远眺，一是为了因雪向下，让那个荷花骨朵在视觉上给人以向上伸长的感觉；二是为了使那个荷花骨朵不断地因落雪而增加厚度，视觉上给人以膨胀，似乎有要炸开之感。“在铅色的穹庐之下”，则是为了烘托郁闷的气氛。而这只有在落雪的日子才有可能。

“使劲儿”，那是因为困难：几十亿年，它仍是一个骨朵。

然而它并没有灰心失望。看它：正在“使劲儿开”呢！

那必定一直是这样的。

是不是开了呢？我不想去写。留给读者去想吧。

第一句“它是孤独的”，是实情。正是它

的“孤独”时时在袭击着我。看它又老是那样一个骨朵，我就更难受。我是多么希望它能够开放呵！这才是我写这首诗的真正契机。单纯为了凑热闹，和李白竞赛，是出不来这首诗的。

写完这首诗，我的泪还在流。

我关心的是“神韵”，不知是否出了一丁点儿？

袁忠岳教授看到了它的“悲壮美”（见《泉城》1984年11月号载《试论孔孚山水诗的悲壮美》）。还不知李白怎样看？

也许他会哼出“时人见我恒殊调，闻余大言皆冷笑。宣父犹能畏后生，丈夫未可轻年少”（《上李邕》）。在这一点上，我们是一样的。他自己有此体会，想不会因为唐突了他，便以“冷笑”回我。再说，这也不是他最好的诗，他不会介意的。

总地看，李白写山水诗比杜甫要多。这是因为他情痴于山水，“一生爱入名山游”。从形式纯净的数量上看，也比杜甫为多。像《望天门山》，《秋浦歌》十七首之三、之五，《望庐山瀑布》二首之二，《西岳云台歌送丹丘子》，等等，都好极。可惜的是，这种比较纯净的山水诗，在李白的诗集中也是占少数。和杜甫一样，他也往往是跑出来，或者拉着别人一起跑出来。情“露”，就更不消说了。李白是个狂人，他不愿受任何束缚，这是很自然的。然而诗却要求隐藏，又有什么办法呢？这一点，他就不如王维。

如王维《酬张少府》一诗，写张少府问起仕宦穷通的道理，他就不直接回答，而是漫以“渔歌入浦深”应之。李白的《山中问答》：“问余何意栖碧山？笑而不答心自闲。桃花流水窅然去，别有天地非人间。”也是想着不答的。无奈他勒不住自己的心，结果还是答了。答得也不十分理想，经不起细品。所以李白似不如王维精明。

虽然王维的山水诗也见杂质，但这种情况不多，其美学趣味总的倾向是“隐”。看那首《过香积寺》的设计，即可见一斑。所以在山水诗一道，我力追王维。

王维也有他的不足之处，那就是“象现”也多实出，不太出味儿。我满可以在“布虚”一方面加把劲。《济南山川》组诗之一的《龙洞白云峰》中写：

它老是站在崖畔，
思念那条龙。

风吹它不走，
不知自己已化作岩石。

面色苍白，
忧郁都长成了树。

就是有意赶王维。

是否如愿，这是不敢说的。我只能是倾我的全力。

三、两位“西席”，也不甘落后

“你是否也受西方现代派影响？”有的读者提出这一问题。

我的回答是肯定的。我喜欢波德莱尔和庞德，这无须回避。“象征”“意象”虽然在我们的古典诗歌中早有，也见闪光，但多是局部的。例如《诗三百》喜用“兴”，不过是起个头；紧接着就是暗示的说明（验证）。屈原那首《橘颂》象征味道较浓，但也拖一条“行比伯夷，置以为像兮”的尾巴。李白的《上李邕》前取“大鹏”之象，接着也来四句说明。不知他是怕李邕看不明白呢，还是习惯于这一“传统”？虽然也有刘禹锡《玄都观看花》、李商隐《无题》那种“象在此”而“意在彼”，“不着一字，尽得风流”的纯象征诗，但为数极少。至于“意象”，就更多是零零散散，几为叙事、阐释、说理所淹没。它们是在那里闪光，但也像呼救。

西方“象征派”“意象派”就不是这样。他们的诗虽然不见得好，却都注意了整体性。从形式美的角度看，虽然也还见杂质，离他们所要求的那种“纯”也还有距离，但他们确实作了努力。这一点对我有触动。我正在作这方面的努力。所以他们是名副其实的“西席”。

根据我的经验，“全意象”很不容易，“搭桥儿”有时是难免的。《济南山川》组诗之一《过藏龙涧》我这样写：

云在深谷里卷曲，
风痛苦地翻腾。
岩松声声吟啸，

游丝荡一条青虫。
我就知道你没有死，
耳边传来雷声隆隆……

第五句就离开了意象。

藏龙涧在济南东南的龙洞，传说涧中原有一条龙，遭大禹屠戮。龙是降雨戏水的，因而也就是洪水的发动者。这逻辑大可值得怀疑，我是在为那冤魂一辩。

这首诗意象有五，就是“意象派”所谓“意象叠加”“视觉和弦”那种东西。

另一首《过锦绣川》写道：

漂来一涧涧姹紫嫣红，
流来一山山浅绛青绿。
白羽毛的鹅是不敢下水了，
我踩着一条金鲫。

这就是“全意象”了。

这种“纯意象”在我的诗中不多，但已经有了一些。单纯从量上看，可能超过了“意象派”诗歌。如果不是炫耀意象，出得自然，我看是可以写的。这里有趣，我有意作此营造。

西方意象派意象也多实出，流于浅单。我则喜虚，若有若无。如《钓鱼台小立》：

不见那涧绿水，
我钓秋风。

多想捞起那个冤魂，
垂一条思念的绳……

如果说《过藏龙涧》灵视可见，这里灵视怕是得揩一揩才行。

这个钓鱼台也在龙洞，原名“禹登台”。传说大禹是在此山头发现了那条龙，击而杀之。然而洪水与龙无关，龙是无辜的。可见那位圣人也搞冤案。如今人称“钓鱼台”，“禹登”之名只有在地方志上才能找到，早被人忘光。这不是没有因由的。

在诗的下面，我加了以上几句题注，目的是引引路。

再说“象征”。于求“纯”一点上，我花费的力气还要多。前边所列举的诗，无一不是象征。即便是描述性的意象，也是象征。我的山水诗可以说绝大多数都是象征诗。古典诗歌中那一拖了几千年的“征”（验证）的尾巴，我是下决心要割去，不让它再难看了。

法国“象征雕塑”也还是有些臃肿，老成持重。我则不希望成为“雕塑”，而成为“精灵”。

我写过一首灵岩寺的《钟》：

沉默不知多少年了，
看见它我就难受。

不知是否还活着？
我轻轻拍它一声。

就是超脱于象，遗形遗声。诗所暗示的是在第三个层次，只能是灵视去见，灵耳去听。新山水诗的象征宫殿也应该是往高处起，让它耸入云层。我是想建造我的“太虚幻境”。

这里我还想说一下“通感”，因为它被看成是“欧洲象征主义艺术风格的主要标志”（《欧美现代派文学三十讲》）。这种东西我们也早有。

有的甚至还极其精妙，不过凤毛麟角，可惜太少了。古典诗人们写出这种东西，多半是不自觉的。有的古典诗论家，如杨慎、吴景旭等，虽然也注意到，但未能道出“所以然”。(《见升庵诗话》“香云香雨”条,《历代诗话》“香”条)。直到今人钱锺书先生，才对此做专门研究。法国象征派比我们敏感，他们早有发现，创出“通感”一说。此一“五官相通”“感觉挪移”之说很微妙，对我有吸引力。

不过，法国象征诗人们的创作实践，我并不认为怎么精工。让我们来看看波德莱尔倾全力写的《相应》：

芳香、颜色、声音在互相呼应，
就好像长长的回声在远处混合为一，
在那辽阔得有如黑夜，有如光明的
混沌而又深邃的整体中。

有的芳香像孩子的脸颊一样清新，
温和得像箫竹的声音，青翠得像草地，
而另外的芳香，却沉腐、浓郁，压盖
了一切。

如龙涎香、麝香、安息香和祭神香，
都具有无限的传播本领，
能咏诵心灵的和感官的激情。

真是不能说“巧”，简直流于说明。有的在波德莱尔可能是“通”，在别人则“难通”。翻译可能不太理想，但大的格局不会变。老实说，我不敢恭维。

为了增益表现山水的能力，我在疏通我感官的渠道。只要河道不阻塞，流通是自然的。对于联想的能力，我颇自信。

不过我写“通感”，也不愿让人一眼看出，也求一种多层次。我曾在《九答》之四中谈到，这里就不再重复。为了不失之于空泛，抄泰山组诗之四《天贶殿启跸回銮图下小立》为例：

我挤进神群中去，
均木然。

蹭了两袖子色彩回来，
一路蜂追蝶逐……

可能隐得太深，这诗一直发不出去。

泰山岱庙天贶殿壁画传为宋代作品。东墙“启跸图”描绘泰山神出巡的浩大场面，西墙的“回銮图”写返回之盛况。画面人物六百七十二个，历来评价很高。我独不以为然。然而色彩却是头等的。加此一段引引路，不知是否能通？我想把它献给海外同胞，但愿不是“鸡肋”。

在隐藏一点上，我比法国象征派要走得远。不只是情隐、理隐，连前台的那个“象”也想要它隐。这不，连“通感”也在往深处隐。据说马拉美写诗只写十分之七，留下三分让读者去猜。我的一些山水小诗隐藏起来的可能不止十分之三，肯定还要多。我觉得这里有趣，有心继续隐下去。两只眼睛看不见，还有“第三只眼睛”——“灵视”呢！

向西方学习，也有个“超越”的问题。跟在外国人屁股后头亦步亦趋，也是窝囊废。新文学革命时期那种自卑心理要不得。李金发那种生吞活剥更是要不得。台湾有过“横的移植”一流，我看也是自卑。大陆也有“崛起”之说，实质上是同一风势。“崛起”论者心中所缺乏的，我看正是“崛起”。新诗六十多年没有产生震动世界诗坛的作品，不能说与这种自卑心理无关。“学习”我想应该是一种启发，举一反三。还应该是取其所长，去其所短，与我们的传统相结合，探求规律性的东西；并力争在此基础上有所发展、创辟。

一是对古人“不自卑”，二是对外国人“不自卑”。有这两个“不自卑”，我们的新诗才有希望。

只有立足于发展和创造，敢于超越古人和外国人，在艺术上作艰苦磨砺，我中华之新诗才真的有可能出现崛起。

新诗同样有一个“振兴中华”的问题。

我愿在山水诗这一方面努力。

四、过去、现在、将来

都知道我们是一个“诗国”，还要说什么“振兴”？似乎说不过去。然而历史确实向我们提出这样一个命题。

我们确有一个辉煌的过去，这不错。然而家道中落了，这是严酷的现实。新诗不太景气，是人所公认的。

那一新文学革命无疑非常必要，而且是伟

大的。但也存在问题，那就是以虚无主义的态度对待过去。胡适是以语言的“文”“白”来判定“死”“活”的。历史上他只肯定了极少数的白话文学，把大量的古典文学都视为“死文学”。连古典诗歌美学的精髓也弃之如敝屣。这就使得新诗这个婴儿，一下生就先天不足。打几针进口的营养药固然也起些作用，但不解决根本问题。所以虽然六十多年了，依然是“可怜见”的。在这片小天地里我们尽可以陶醉，自我安慰，但在世界诗坛上没有拿到“金牌”。和古典诗歌坐在一起，也会是有些儿窘。

山水诗没有“脸红”这个问题，因为空着它一个位子。它被放逐了！原因是“贵族”，“于其群之大多数无所裨益”（见陈独秀：《文学革命论》）。那是一个反帝反封建的伟大革命，山水诗也真是有些不大合拍。人民都处于苦难血泪之中，似乎可以理解。

新中国成立后，我们要搞建设，要求文艺成为宣传工具，去鼓动人民向困难进军，山水诗也是不沾弦儿。一是不会向它发出参加文代会的邀请，二是它自己也自惭形秽，所以那位子是一直空着的。屈指数来，六十年有余矣！

然而我也想：人民如果只有苦难血泪，紧张地工作战斗，一点儿“闲”“逸”也没有，一丝儿欢笑也没有，一丁点儿愉悦、“美”的向往也没有，我们这个民族能活得下来么？

造物主既然为我们的祖国造就了那么多壮丽河山，我们却偏偏对它冷淡，白眼相待，它会好受么？

还有，我们不是讲“统一战线”么？不是还优待“开明士绅”么？只要它能给人民一点儿益处，“贵族”又有何妨呢？何况是否真的就是“贵族”，也还值得“复查”呢？

我曾注意到：安史之乱后的第四年，杜甫就写过：“澄江平少岸，幽树晚多花。细雨鱼儿出，微风燕子斜。”(《水槛遣心》)那种与世情无关、几近于纯美的风景诗，这该如何解释呢？

我还注意到：即便是在安史之乱当中，李白也还写了《西上莲花峰》那样的诗。虽然那诗落于对叛乱者的谴责与揭露，并不纯，但大体也还是一首山水诗。我们为什么不可以于抗日战争中，西上“莲花峰”，去见“茫茫走倭兵”呢？

人民的苦难、血泪、战斗，当然应该着重写，但不应成为“唯一”的。祖国的河山并没有被日本侵略者装轮船掠走，它们依然屹立、奔流在我们祖国的大地上，为什么不可以写呢？“残山剩水”可以写，奇美的峨眉、昆仑也可以写。都可以唤起人民热爱和保卫祖国之情。再说人民也需要松弛一下，弦不能老拉得那么紧。况且，人也还有一种本能的爱美要求呢！这也不仅是单纯的一点审美愉悦，另一方面它也是一种动力。我似乎听到杜甫、李白在说：“后生小子，何其偏也！”

还有，人的灵魂是非常微妙复杂的东西，“工具”怕是难以适用。对诗不好作如是要求。山水诗就要再加一个“更”字。

以上的认识形成很晚，这中间经过一段漫长的路程。痛苦是不消说的。

只是认识有变化，也还不行。有一个政治气候问题。“四人帮”被打倒，“左”的东西开始不那么“香”了，这非常重要。但更为重要的还是党召开了十一届三中全会，人们称之为“第二次解放”。我写山水诗，离不开这一背景。

不久前，北京又召开了中国作协第四次代表大会。会上党中央进一步肯定了“创作自由”。今后就会更好。

我想说：山水诗交了好运了。

将来再召开一次文代会，那空着的位子，我想，说不定山水诗会坐在那里了。

未来如何呢？我是乐观的。我想以《笋城》一诗作预卜：

听得到拔节的声音……

再过三千万年，
它们都是泰山。

这诗写的是泰山后山的一片石笋，暗示中我想也包括“山水诗派”的勃兴。这肯定用不了三千万载，十年八年也许就成。我们的大地是肥沃的，加上阳光雨露，自由的风，一片郁郁苍苍的山林会很快出现。如今又有了“森林法”，禁止乱砍滥伐，这就更有了保证。

我真的向往有一群泰山拔地而起，与历史云烟中的群山相辉映，而且高于“唐峰”。

1985年2月9—13日　于济南

目　录

大　海

崂　山

胶　东

泰　山

灵　岩

济　南

青　州

秦　中

黄　山

峨　眉

天·地·人

大海

母与子

见到海
眼泪就流出来了

我怕是海的儿子
泪水也咸咸的呀

海　情（之二）

用雷的语言
大海邀我起舞

我习惯于孤独
禁不住泪眼模糊

在碧绿碧绿的波涛下

鱼告诉我
　　潜艇像它一样游
　　导弹大睁着眼睛

　　珊瑚丛中
　　睡一个甲午海战的水兵

雾 号

山东成山角设有雾笛报警，其声宏大苍凉。

1

它是我的朋友
我也是在海上航行呀

2

一声一声
悲凉而又单调

站在成山角上它喊
嗓子都哑了

3

我老是甩不掉
那呼喊的雾号

它一直在叫：
礁——礁——

海上日落

青苍苍的海上
铺条玛瑙路

太阳走了
像喝醉了酒

果然跌倒了
在天之尽头

北隍城夏日某晨印象

东边太阳
西边月亮

冰盘上
两个果子

粘几滴
露

渤海印象（之一）

雾散去……

风划一个舢板
上边站着太阳

渤海印象（之二）

我寻找黄河
连条线也不见

在这里它缩成一个音符
颤动着……

在海边

1

多想看一眼
盛开的金花

云
走开吧

2

月亮撒一片网
鱼都提上来啦

北斗星
伸勺子舀

海　呵

即便大声哗笑
也看出有点儿寂寞

海呵

寂寞的海

1

没有风
海寂寞得难受
我要死了
它想

2

有片云打个旗语
看！鬃毛又在抖动

和海闲话

“你只有一点不好
——苦”

“这不正是我么？”
海皱起额头

无 题

灯塔下有一只撞死的小鸟
我把它投进洪涛

海殓它在琉璃棺里
哭了

网

对着大海
蜘蛛织一张网

眯细着眼
不知作何想

海　声

在风的手指上
月亮的情网里
心的峡谷中……

海　边

久听海声
耳穴都长出水藻来了

常有青鱼
来游

海　上

一抹乌云
睡了

枕着海

崂山

崂山在海边沉思

崂山在海边沉思
回忆它的童年
那时它把大海当竹马骑呢
敲打着太阳这个铜盘

崂山和海

1

和海在一起
崂山就坐不住了

2

崂山在那里观潮呢
血也沸腾啦

3

月亮和大海拥抱
崂山听到心跳

4

风狂暴地按动蓝色琴键
崂山在欣赏《海恋》

5

太阳醒啦
崂山笑它
蓬松着金色的头发

6

太阳从海水里跳了出来
一笔抹红了它的脸颊

飞凤岩*即景

翅膀张开
老是在那里不动

风的边沿上
一只乳鹰学飞

---

* 飞凤岩，位于崂山内九水的五水。

骆驼峰

放它回风沙中去吧
看它眼都望穿了

落日那么大
一定在戈壁上跑呢

眠龙石 *

龙也有睡的时候?
睡着也不安宁
看它曲动的身子
梦里也有雷鸣

* 眠龙石，位于崂山太平宫右上方犹龙洞前。

过鹰嘴石 *

似乎瞅着什么
仿佛在听

一只银燕呼啸而来
闯入它蓝色的梦

想一起去巡逻么
李苦禅的鹰？

---

* 鹰嘴石，在崂山蔚竹庵东南。

瑶　池*

传说池里有水
可有裸体的神女

云之缝隙间
太阳飞眼

* 瑶池，在崂山太清宫北之绝壁上。

蟠桃峰

太阳说：熟了
月亮说：还生
大海笑着不说话儿
窃喜它的成功
它正镂刻第二个桃子
等待崂山托上碧空*

---

* 崂山至今仍在上升中。

云　瀑*

几次都失败了
倒翻下来
漫溢峡谷

狂怒的云
抓住风的鬃鬣
最后一次仰冲

快闪开
鹰！

* 崂山云瀑多见于峡谷绝壁处。云随风势升腾而上，因受大气压力所阻，不得不翻跌下去，于是形成惊心动魄的云瀑。

过二仙山

不知说些什么
白云洞下两位仙人
有只玄狐躲在一旁
似乎听得出神
我投去一块石子
长长的尾巴拖进黄昏

过华岩寺*

废墟
冷雨

如来佛在山谷中游荡
湿了僧衣

---

* 华岩寺，在那罗延山西南麓。三面环山，左襟大海。原有殿宇，其壮丽在崂山宫刹中当居第一。正中大殿塑释迦牟尼像，均毁于“文化大革命”。

天门峰即景

1

鹰在脚下
云在脚下

迈进天的门槛
我来作客

2

风摘走了我的帽子
旋向大海

只好这样去见上帝
拢一拢头发

3

扶着天门
望我的家乡
想告诉孩子们
天上十分荒凉

孤　云

西边天上
挂一片孤独的云
去交个朋友吧
山呀，海呀，或者松林

白　雨

崂山站在海边
看扯天盖地的白雨
她也蒙在白茫茫的雨幕里了
隐约露一个发髻

雨　后

1

云
把水拧光了

挂在海边的树上
晾

2

风也湿湿的

飞不多远
落在太平宫的飞檐上了

晒它的翎羽呢

崂山云海

1

露一个山尖
在云的上面

美的精灵
它在下潜

2

全潜下去了
只剩下一个太阳

蛙泳着……

夏日青岛印象

1

青岛的风
经过过滤
玻璃似的

人
游在街道上
像鱼

2

风栖息在礁岩上
大海发出鼾声

夜

一针一针地缝……

胶东

蝶

平度天柱郑文公碑前小立。

一只白色的蛱蝶
落在风的左翼上
翅膀一合一张

也想拓个字儿么？

莱阳绿

——平度大理石厂速写

似有微风吹动
水晶里漂片片荷钱
真想化只青蛙
腿一蹬，蹲在上面

开花石*

十万雷殛
那簇古岩开了

一个新的生命
于火光中临盆

向青天
张它的唇

* 开花石，在烟台市东山之北坡上。

蓬莱阁丹崖小立望海

看它激动得

把颗心都跳出来了

星　石*

为了向往我们这个星球
它走了很远很远

耗尽了最后一点力气
它死了

梦里
还眏着眼

* 星石，在长山北隍城东南的汪洋大海中。

日　岛*

面东而坐
眼睛啜吮着光
闻爆裂之声

鱼皆看我
戴着墨镜

---

* 日岛，位于威海之东的海水中。

泰山

汉　柏*

秋雨滴沥
老泪纵横

想是又想起了他
看这秋风……

---

* 在岱庙汉柏院内，有五株。传为汉武帝手植。

天贶殿壁画“启跸回銮图”前小立

挤进神群中去
均木然

蹭了两袖子色彩回来
尾一只蝶

斗母宫“寄云楼”小憩

云想是走累了
它也来坐一坐

看见匾额中间的那个字
它好笑

跳了上去

天胜寨遗址*一瞥

漫山遍野的
是赤眉么?

军旗?
还是营火?

一个泪珠
从红叶上滴落……

---

* 天胜寨遗址，在泰山傲徕峰扇子崖下，昔为赤眉军营地。

百丈崖听瀑

听乌龙吟啸
风也凄冷

傲徕峰头颀低垂
太阳暗淡下来

黑龙潭崖畔小立

潭有多深
想问那条乌龙

水都是黑的
凝一层冻雾

我投进一朵
百合

中天门远眺扇子崖红叶

霜满天
傲徕峰扇一把红色褶扇

它的心里也许火热

泰山松

撑开巨岩
伸出两片绿叶

吸云的乳
长成龙的样子

在波涛中吟
于霹雳中活

过对松山*

看那一双双渴念的手
听那一声声呼唤

云都要流泪
风也呜呜咽咽

这样的一个家族
怎能分得开呢？

大山
走近一点呵！

---

* 对松山，在泰山云步桥之上。飞龙岩、翔凤岭两奇峰对峙，峭壁悬崖，松皆对生，伸出长长的手臂，像要握的样子。

升仙坊* 上眺十八盘

多少脚步跨过去
多少信念跨过去

抓住铁缆的
是一个孩子

十八盘上
我看见我们这个民族

* 升仙坊，在对松山之上。再上，就是十八盘了。据说这里是人和神的界限，只有神才可以过得。

雨中登十八盘

一盘雨

　一盘风

　　不知几重天

　　　但见云层层

　　　　听得有人喊：

　　　　　“日头火样红！”

天街印象

1

楼不见顶
街悬在半空

云和人
在一起行走

2

我追一片云
跑进一家商店里去了

躲在墙上一幅泼墨山水的半腰
还动呢

天街设宴

山风推开了窗子
云也一起进来
还有蜜蜂和蛱蝶
全是不速之客

天街夜色

天结了冰
像冻玉

月亮蒙一层霜
瑟瑟作抖

旅店的灯火还亮着
进去避避风

龙潭春烫得很热
摘个匏瓜佐酒

夜宿天街眺极顶

月亮撒一地银霜
露很重

那颗头颅仍在沉思
夜给他件斗篷

天街遐想

天河很近
听得见鱼跳

挽挽腿
去摸一条

仙人桥 *

仙能过得
人岂可觳觫

我要走过去
不学那条蛇

云
不用扶

---

* 仙人桥，在岱顶瞻鲁台西侧。两巨崖斩立，隔丈远，三巨石抵撑成桥，下临深渊。

无字碑*前小立

我还是看到了太阳的手迹
还有风的刀痕

一条青虫
在读……

---

* 无字碑，在岱顶。过去认为是秦始皇所立，非是。顾炎武断定为汉武帝立，可信。

泰山日出

它来得很艰难
终于冲出云围

海水殷红
像血

受了伤么？
还是金矢的凯旋？

天烛峰

像是照路的样子
东岳神擎一支巨烛

天上黑吗?
小心风

笋　城

泰山后石坞，怪石嶙峋，丛立呈笋状。

听得到拔节的声音……

三千万年流走
一群泰山拿云

灵岩

谒诸罗汉

有的紧锁着眉
有的尚有泪痕
有的绷着嘴
有的关着心底风云
我不知道那位雕塑家的命运怎样
看他创造出这反叛的一群

某罗汉

印度的佛？
还是中国的人？

仿佛要说什么
微微翕动着嘴唇

我听到轻轻一声喟息
想是个寂寞的灵魂

某罗汉

看他鞋底都磨穿了
想是行色匆匆
好像暂时坐下来稍憩
又要走上征程
还是睡一会儿吧
闭上你忧郁的眼睛

某罗汉

眉毛眼睛都在飞动
云何六根清净?
他的心里一定跑着野马
看那耸动的额峰
我不知道这佛的名字
相信他是一个情种

苦罗汉

成了佛
也没有摆脱掉那苦

面色是苦的
眼神也是苦的

只有嘴角流一丝微笑
但也苦

到我们这个世界来吧
掸一掸身上的土

某罗汉

仰着脸
你在看什么？

那是一片破了的网
蜘蛛在穿针

某罗汉

你在想什么?
一段朦胧的经文?

你在想什么?
那个给你生命的人?

你在想什么?
偷偷拨开山门?

济南

春日远眺佛慧山

佛头
青了

一颅的智慧
生出芽儿了吧?

大雷雨中登佛慧山

李鲜为之造型
枫叶织半肩袈裟

每日以烟云洗面
雨中听天雷谈话

议论中似带几分讥诮
颤电的火花

千佛山龙泉洞某佛前即景

他微笑着
看苔爬上脚趾

他微笑着
听苔跃上双膝

他微笑着
任苔侵佛头

一行绿色的幽灵
正潜向他的心谷

千佛山巅我捡到一个贝壳

1

山顶上我捡到一个贝壳
把它放近耳边

眼前现出那条鱼 *
在流光中一闪

2

佛是个孩子
问他徒然

---

* 《酉阳杂俎》谓千佛山原来在大海里面。山顶上曾发现过鱼化石，二十世纪三十年代还存在的。

他哪里知道
老闭着两眼

3

舜也年轻
只知道象鞭

我想问问太阳
奈何早已下山

4

暮云忽地扑来
山陡然一旋

我骑在鲸背上
游向荒古水天

黄石崖北魏裸体飞天石刻前小立

她们从过去飞来
敧斜着向前

拨开流云
乳上亮一滴滴汗

我极力搜索
走进浩渺风烟

飞雪中远眺华不注 *

它是孤独的
在铅色的穹庐之下

几十亿年
仍是一个骨朵

雪落着……
看它在使劲儿开！

---

* 华不注，位于济南市区东北，酷似荷花的骨朵。有人认为“华不注”即“花骨朵”的古代同音字异词，可信。

卧牛山下 *

1

看着黄河
它出神

想着那条江吧？

2

春来也

拉两根纤绳
快去犁海

---

* 卧牛山，在济南市区东北，黄河南岸。

锦云川*意象

云丢失了条带子
来找

跌落到水里了
尽情地泡

---

* 锦云川，济南南山三川之一。

过锦阳川 *

玻璃似的河流
阳光响着

一个小姑娘涉过
腿上阳光亮着

掬一捧阳光咽下
寂寞的心一阵通热

夜里我可以走路了
用不着手提星月

---

* 锦阳川，济南南山三川之一。

过藏龙洞

云在深谷里卷曲
风痛苦地翻腾
岩松声声吟啸
游丝荡一条青虫
我就知道你没有死
耳边传来雷声隆隆……

钓鱼台*小立

不见那涧绿水
我钓秋风

多想捞起那个冤魂
垂一条思念的绳……

---

* 钓鱼台，在佛峪般若寺之东上，原名“禹登台”。传说大禹在此山头发现了那条龙，击而杀之。洪水与龙无关，那龙是无辜的。那位圣人也搞冤案。“禹登台”这名字早被人忘记，不是没有因由。

龙洞独秀峰

老是滴着泪
望涧中的云

自从脚下少了那弯绿水
她瘦了

春也心疼
给她一枝山桃

秋日佛峪某佛前小立

闭着眼
他在笑

掌上放一片红叶
秋蹑手蹑脚

答客问

“请教泉有多少？”
“你去问济南人的眼睛吧”

“愿闻济南人的性格”
“你去问泉水吧”

趵突泉*边

心似乎要跳出来
泪流满面

它又雷声雷气地说话了

* 趵突泉，济南名泉之一。久已干涸，近又涌如轰雷。

黑虎泉*边听虎啸

还是那野性
还是那颗心

有苦艾子的气息
莫名其妙的寒冷

* 黑虎泉，济南名泉之一。多年干涸，近又闻其声了。

泉 边

之一

俯身作牛饮

一张口
就吐出珠子来了

之二

下弦月跳到水里
捋那根线

之三

看你涌到什么时候！

枝头一个柳眼

之四

冬走在水上
化了冰鞋

之五

掬一捧泉水
洗一洗我疲劳的眼睛

心也绿了

悼黑伯龙师（五首）

余师伯龙先生，国画山水大家也。师出石涛，尚“简”，晚年凌高境。人清石冷，淡泊一生。不幸于1989年1月14日去世，享年74岁。画坛星陨，痛摧心肺。泪眼模糊，成悼诗五首。

龙师墓前默立

伴先生
寂寞

《灵音》
化作蛱蝶

师小语（之一）

有泪
就滴在宣纸上吧

正好还君
《江雪》

师小语（之二）

这个世界
多的是墨

还想叩向上一关
月下风前

师小语（之三）

刚刚去看过石涛
大千先生在座
商量去找朱耷
一起谈谈“篱笆”

无 题

1973年9月，伯龙先生为余画石，至今立于壁上。

墙上的石头
似乎想说些什么

老妻劈柴
生一盆火

青州

云　门

1

海水穿过
鱼穿过

如今是属于云了

2

风的话难得相信
耳贴近……

云　巢

空空如也
云出未归？

岩穴深处
也许有几只云雏吧？

张黄口
待哺？

云门山万春洞谒希夷先生

青州云门山万春洞有陈抟石像，枕书侧卧，袒上身。抟号希夷，宋之隐士，以高卧浓睡闻名，人称“睡仙”。

1

他睡得很深
一身的大汗

云自肚脐出
风憩丛林间

闻细声嘤嗡
梦炸开花瓣

2

折根草毛
搔他的鼻孔

看春花漫神州
“先生醒醒”

游仰天山*罗汉洞

1

钻进山的肚子里去
五脏六腑转个遍

生平第一次
以山的眼睛看天

2

天不见
空悬一轮冷月

---

* 仰天山，在青州市西，有罗汉洞，通山顶，昂首仰望一圆。灵窍洞穿，天光下泻。

3

壁上佛头着秽，

湿光给他洗脸……

青州古城晚眺驼山

驮一轮落日
走入暮色中去了

头颅昂起着
高出群星

秦中

再谒黄陵

有雨丝自历史飘来
觉得出是黄河的风

昨晚我把心种在这里
今晨开一朵紫色地丁

轩辕柏

1

并非树之源头
我却看到了文化胚芽

它用长春绿
写五千年历史

2

轩辕笔
高捉管

3

青天已铺好

字不妨大一点

让海外游子都能看见

这云锦笺

泪柏下小立

黄陵轩辕庙内有古柏数十株，其一枝柯间多孔洞，类眼。柏液流出，凝结成球。

1

什么原因
使你流这么多泪?
连血都渗出来了
凝成琥珀?

2

我也是这样的
一个泪人
就让我陪你一起流
到地老天荒

茂陵即景

1

吹落日不去
拉白云不走

风叹口气
也住下了

2

陵上草
愁一般高

九嵕山下望昭陵 *

1

他睡了
梦很高

2

山灵
请保护好他的耳朵……

---

* 昭陵，唐太宗李世民之陵墓，在渭河之北九嵕山主峰上。建陵墓改地下为地上，唐太宗开了个头。为了看得远一些，灵魂就得站得高。

乾　陵*

1

找我的脚是徒劳的
我向青天献我的乳

2

秋风
你牵白云来吧

我的胸谷
要建一个湖

* 乾陵，武则天的陵墓。由山和岭的群体组合而成，系一裸体女子造型。远距离或高空可见。

3

我就是我

大宇宙的情妇

兵马俑一号坑即景

1

走了两千一百八十五年
看到了太阳

2

有人在耳语
传来那个人的脚步之声

蛙

——霍去病墓前石雕

1

轻轻的几根线条
一块石头活了

鼓着眼
看西汉的太阳

2

从八大山人的墨荷上
跳到我的诗里来了

陶盆中的鱼*

——半坡遗址速写

1

终于游到一起
陶盆中的鱼

没有水
活了五千年

2

一个诗人
敲半坡村的门

---

* 陶盆中的鱼，纹绘为⊗。

黄山

莲花峰顶小憩

莲瓣上静坐
吐吸天香

看太阳走了过来
眼睛闭上

登天都峰，值大雷雨

什么也看不见
大宇宙被雨占领

抓紧天都栏杆
免得被风吹走

俯视雷电
有婴儿啼哭

猴子观海（之一）

三分像看
七分像听

黄山流云
在学浪声

此公可以学诗
收它做个学生

凝　云

1

风吹不动
西海结了冰

琉璃迸散
悬在半空

2

一片云在思想
忘记行雨了

3

佛掌上的
老僧入定

闲 云

常见在一条幽径上散步
暮色中倦倚一棵孤松

问他仙乡何处
说是云林石缝

云谷冻云

一路冰树冰花
云谷的云也僵了

漂砾*不再漂
冻住了鹰

---

* 云谷中有冰川漂砾。

云 情

朱锋赠我一幅《黄山云》
它老是不安于壁

发现我的那本小书
一天也流出云气

全明白了

峨眉

附 [illegible]

古德林*漫步

六万九千七百零七字
都长成参天香楠

一部《法华经》在这里活了
诵莲花的和尚是风

字间杂有鸟语……

* 古德林，位于万年寺至清音阁之间，为明僧洪济主持种植。据说洪济每当植一株楠树，便口诵《妙法莲花经》（简称《法华经》）一字。按字计株，共得六万九千七百零七棵。

大峨、中峰寺途中闻山潮*

1

何来水声?
远远地有潮涌

来到了……

2

山也许坐得难受
和海聊聊……

* 大峨去中峰寺的中途，有一种奇异的自然现象：每当晴天的下午，可以听到水声，发自上方山峡深处。接着潮声大作，若洪涛怒浪挟狂风暴雨而来，持续可达两分钟，名叫山潮。

过洪椿坪，洪椿下小立

先生别来无恙？
你可还在迷恋庄周？

我倒是想活在你的诗里
一叶足够

九十九道拐

峨眉的一个画折子
丢在这里了

听猴子翻……

仙峰寺*一瞥

仙峰岩下
睡一头陀

梦里
鹤啄他的脑壳……

* 仙峰寺，在九十九道拐之上，高入云霄的仙峰岩下。原为道观，后为佛取代。峨眉山原为道家“第七洞天”，至明代开始衰落。到了清初，一些道观改为寺院，从此神仙无踪影，遍山是菩萨金身。我国名山多佛道之争，且异常激烈。胜利了的佛出于策略，有的寺院仍保留了“仙”字。“仙峰寺”即其一也。

莲花寺遗址 *

寺荡然无存
这菩萨比莲花命苦

烟霞为之滴绛
比白石大胆

老来转喜冷色
等那轮寒月……

---

* 莲花寺遗址，在九岭岗之上。原山门前莲花巨岩开放如故。

上钻天坡

耳鸣心跳眼花
天路渺冥难爬

风念我两鬓白
往上托

云怜我血压高
伸手拉

左见一玄狐合十
右听得野鸟念佛

凉了一半的心
又泛红了

白云寺*

1

经声远去
佛门被蜘蛛封了

云依然很旺
涨满大壑

2

荡一黄叶
一蚱蜢在撑

---

* 白云寺，在连望坡之上。这里云多雾重，据二十年来的气象资料统计，平均每年雾日为323天。

象池夜月

风寻找它的影子
老猿刮霜

有湿光自瓦缝入
木鱼腮动

过雷洞坪*

1

铁碑示人“禁声”
我怎能禁得!
仰天作龙吟

湿了绿风

2

我非山君
猴儿拜我作甚?

---

* 雷洞坪，白云洞前行即是。万历年间清月和尚铸“禁声”铁碑。此地空气中的水分子达饱和状态，稍有振动，就要落雨。这里真的可以呼风唤雨。

过阎王碥，与死神攀谈

“你还是回去吧”

“不”

“也许你回不去了”

“好”

“你是位菩萨吧？”

“错了”

“请问尊神大名”

“儿死大痴”

圣钟岩下

七十三寺山钟齐鸣
独它不出一声

风来叩寂
惊起一窝野蜂

卧云卧云庵

1

檐跷着腿
卧于云上

学着庵的样子
来个高睡

2

一觉醒来
我化作云

只好游到家门时
落几滴泪了

夜宿金顶

1

普贤的灯灭了
风也死了

唯寂寞独语

2

危岩上立一白狐
竖着耳朵

岩壁上一只佛现鸟 *

它闭着眼睛
搜索光的消息

一蝮蛇凑近过来
献上花环

---

* 金顶有鸟，每当佛光大现之前，就要鸣叫，人称“佛现鸟”。

金顶宝光

1

总是要在金顶留下点作品
太阳太钟情于峨眉了

看它正画圆呢！

2

我立于环中
若光明树

千佛顶夜立望万佛顶

1

沉默得像块石头
你在想什么呢

那一白茫茫的冰葬么？[*]

2

又起风了

峨眉
你冷么？

---

* 第四纪地质年代，有世界性的大冰川发生。峨眉也受到袭击。

华严顶小立

1

来了白象
去了青牛

一万年之后又当如何呢?
僧帽也许被风吹走

2

它还是它
不开口

只管青它的山
绿它的水

夜宿息心所*

1

梦逡巡
闻断裂之声

这危岩会崩坍下去么?

2

来一山灵
摩我的心

* 息心所，在观心庵之上。小庙危悬，下临深渊。

息心所闻晨钟

闪着湿光
此起彼伏
亦酸亦甜亦苦

至少有六老人在谈话*
似乎议论一场劫数

---

* 可是大峨、广佛、牛心寺、大坪、初殿、长老坪的钟么？

峨眉的风

它喜欢音乐
吹三千灵窍

还是位书家
善写狂草

似乎又有些孩子气
摸一下佛头就跑

峨眉月

一弯冷月
就把个峨眉漫了

你是因此而瘦的么？

峨眉月

蘸着冷雾
为大峨写生

从有
到无

峨眉雪晴

之一

两弯白眉
一颗红痣

之二

天公勾线
冷月照明

之三

风被压住了
它太野

腌你一冬

之四

一行草鞋印儿
香到顶

庐山

夜宿牯岭

盖三床云
还冷

腻腻地
月亮入我怀中

庐山印象

雾蓑云笠
挑两湖鱼

被风这个浪荡公子
踢翻了……

秀峰寺遗址　千年双桂前小立

佛都死了
二位还在吐香

一只老蝶
张袋收藏

石　耳*

你听庐山
我听天

“庐山有些着凉”
“天脉玄”

---

* 石耳，地衣类，体扁平，面灰白，底黑色，状耳。多生于五老峰悬崖绝壁间。

含鄱口望鄱阳湖

它也喜欢“用无”
老是覆云遮雾

风可不听它的
推开一扇窗户

泛舟鄱阳湖，我对凤尾鱼说

如果能吃咸
还是去海里看看

维扬

扬　州

梦都老了
扬州仍很年轻

无可奈何
是瘦

扬州三瞥

唐宋仰脸望月
八怪破笔煮茶
雪中三个竹叶

扬州印象

无赖的月

放荡的风

没完没了的梦……

客扬州，梦鲥鱼

赠我鳞衣
掉尾江中

忆明珠的声音：
香糟，还是清蒸？

蜀岗平山堂后石涛埋骨处默立 *

1

也许就在脚下
那支笔

冻得
发抖

2

万人争看
山色有无中

---

* 石涛，清初有创造性之大画家，曾多次到扬州作画，扬州八怪无不受其惠。康熙二十年起，石涛定居扬州，死后葬于蜀岗平山堂之后，湮没不存。

过扬州

一袖秦
一袖蜀

扬州风月
邮局寄吧

瓜洲印象

一个叶儿
卷着河豚

天·地·人

春　雷

没有云
也是要落的

仰起脸来
等待着

春　雷

声音有些痛苦
但很响

它告诉人们
雨就在路上

春 风

蜜蜂似乎嗅到了花的香气
掀动着有些麻木的翅膀

老桑树做着一个染紫孩子牙齿的梦
纸鸢老是觉得它在天上

那脚步声连蛇也听到了
眼睛闪一丝幽光

无　题

不见到海
不知道我们这个星球的美丽

喧闹是另一回事
它还年轻呵

皱纹并不能说明什么
还有白发

但寂寞也是真的
万古而幽蓝的寂寞

旅途很长很长
谢谢你，红纱灯

在雪地上（三首）

一

噙一口梨枝上的雪
甜甜的沁人心的凉
蓦地眼前现出一树繁花
耳边传来一阵嘤嗡的喧嚷
心里的蜜似乎要流出来
多想有双亮晶晶的翅膀

二

清晰的趾印一行
像朵朵蜡梅开放
獾呢？还是银狐？
寻找食物？还是把雪欣赏？

或者有意用它冻红的脚丫
点几个瓣儿，装点春光？

三

雪地上一只鸡的冠冕
红得像燃烧的火焰
我看见春骑在它的身上
摇着条嫩黄的柳鞭*

---

* 今年是鸡年呵！

题　己

出佛出道
亦马亦牛

何须千手千眼
挎虚宇宙